☆星海社朗読館

願いの叶う家

一　肇
(Nitroplus)
朗読 栗山千明
イラスト 安倍吉俊
+なまにく ATK
(Nitroplus)

「本物の怪談には、違和感があるの」

深夜のファミレスで、少女は囁《ささや》くように言った。

「怪奇現象が起きる。関係者が怖《こわ》がる。調べてみるとここでは過去自殺があった——そういう奇麗《きれい》に落ちる話のすべてが嘘《うそ》だとは言わないわ。けれど、本当に面白い怪談はそういうところを超越している。大事なところを飛ばしているような違和感があるの」

噂《うわさ》の〝夜《よ》石《いし》〟は、まだ高校生くらいの少女だった。

　春だというのに全身黒尽《くろず》くめの衣裳《いしょう》で身を包み、長い黒髪の前髪だけをまっすぐに切り揃《そろ》えている。白い顔は夢のように整っていて、間違いなく美しい少女なのだが——そのガラス玉のような瞳《ひとみ》は、嫌《いや》でもこいつにまつわるネガティブな噂を思い起

こさせる。


夜石は、生きた人間ではない。

夜石と出逢《であ》えば、七日後に死ぬ。

夜石が関わった怪談は、恐ろしい結末を迎える。


いや、いくら俺がオカルトマニアとはいえ、ネット上のそんな噂を完全に信じているわけじゃない。だが、いざこうして噂の〝夜石〟を前にすると、どこかで何かがゆらりと傾くような気がした。それは、この少女の冥《くら》い瞳と、ぽつりぽつりとした話し方のせいなのかもしれない。

「なあ、教えてくれ」

いつしか身を乗り出すようにして、俺は少女に尋《たず》ねていた。

「おまえオカルトに詳しいんだろ？　どうして俺の家では決まって深夜に、奇妙《きみょう》な音が鳴り出すんだ？　あれは絶対に猫や鼠《ねずみ》なんかじゃない。どこか封じられた場所から、長年苦しみ抜いた何かが這《は》い出そうとするかのような妙な気配《けはい》があるんだ。ああ、もちろん俺だってしばらくは我慢《がまん》した。家鳴《やな》りかなんかだと思おうとした。俺のような貧乏学生にとって三万円という家賃は破格の安さだったし、何よりあそこは『願いの叶う家』と呼ばれていたからな」

そこで夜石は軽く首をかしげたので、俺は説明した。

「たしか不動産屋がそう言ってたんだ。あの家は、元々ある建築家が自分の為《ため》に建てたアトリエなんだそうだ。その建築家も有名になって、次に住んだイラストレーターも、その次の若い夫婦も、誰もが次々と願いを叶えていった家なんだって。だから、夜は耳栓《みみせん》をして我慢した。けど――ある朝、見つけちまったんだ。三階へと続く階段の踊り場に、何か鋭《するど》いもので刻《きざ》まれた『七』という数字を。誓《ちか》って言うが、あんなものはそれまでなかった。それから数日後のことだ。今度は風呂場《ふろば》で『六』という数字を見つけ、さらに数日後、トイレで『五』という数字を見つけて――俺はあの家を飛び出した。もう限界だった。あの家には何かがいて、そして、あの数字はカウントダウンなんだ。俺はあれから一週間以上、家には帰っていない。いや、帰ることが出来ないんだ」

掠《かす》れた声でそこまで話し、俺は自分の足下に目を落とす。

「これはさっき買ったスニーカーで、前のは気に入ってたがさっき捨てた。何でかわかるか？　靴の裏にいつしか無数の『四』という数字が刻まれていたからさ。あの家から逃げて、それからずっと漫画喫茶を泊まり歩いてるっていうのに――何かがまだ俺に憑《つ》いてきてる」

くしゃりと髪の毛を摑《つか》んで俯《うつむ》いたとき――

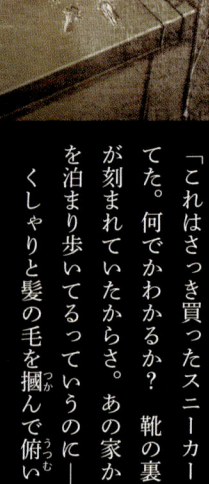

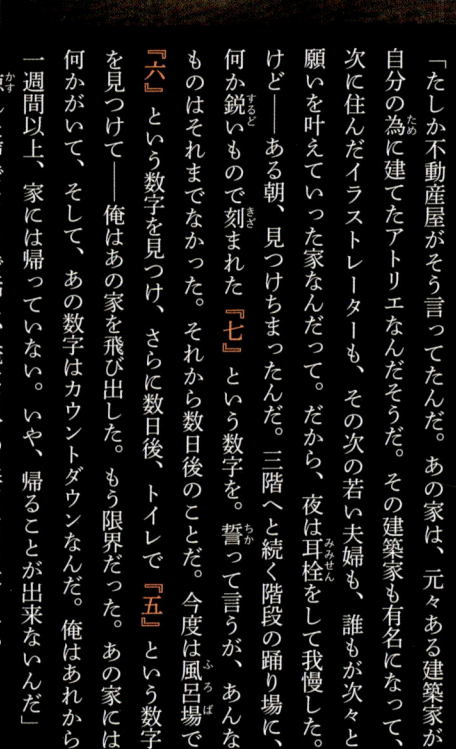

夜石は、ぽつりと言った。

「ねえ、目を瞑《つむ》って」

「……なんだと？」

「目を瞑って、なるべく正確にあなたの家を思い浮かべて」

——あの家を？

冗談《じょうだん》じゃねえ。もう想像上でも二度とあの家には行きたくない。

もちろんそうは思ったが——俺は、いつしか少女の瞳に吞《の》まれるように目を瞑っていた。そして、目蓋《まぶた》の裏に俺の借家、『願いの叶う家』をありありと思い描いてしまった。

鬱蒼《うっそう》とした木立《こだち》の中に佇《たたず》む、古い、三階建ての木造一軒家。一階はすべてガレージで、二階、三階が吹き抜けで繫がったしゃれた構造のあの家。今はもう、思い浮かべるだけで膝《ひざ》が震《ふる》えるほど恐ろしい。

「大丈夫。玄関の前にいる自分を思い浮かべたら、扉を開けて中に入って」

どこか優しげな少女の言葉に——俺は躊躇《ためら》いつつも、頭の中で玄関の扉を開けていた。中はひっそりとしていて薄暗い。人がいるはずもないのに、ただ粘《ねば》るような空気が色濃く漂《ただよ》っている。

「中に入ったら、いつもやるように電気を点《つ》けて。靴《くつ》を脱《ぬ》ぎ、そして——家中の窓を開けてください」

——窓を？

意味がわからんが、それにも俺は従った。想像上で、壁に手を這わせて部屋の電気を点ける。それ

から靴を脱ぎ、床を軋《きし》ませて中に入った。まずは二階、リビングの窓の鍵を外して開ける。それから寝室にしている畳部屋の窓を開け、給湯室の窓を開ける。トイレの窓、風呂の窓を開けた後、三階に上がって、アトリエの窓をふたつ――これで全部だ。

「……終わったぞ」

「そうしたら、今度は逆の順番ですべての窓を閉めてください」

「は?」

「正確に、逆の順番で。ゆっくりでいいわ」

仕方ないので、また従う。アトリエのふたつの窓を閉める。二階に下りて、ええと、風呂、トイレ、給湯室の窓を閉め――それから、寝室の窓。リビングの窓……全部、閉めた。

「終わったら、目を開けていいわ」

夜石の声で固く閉じていた目蓋を開くと、ファミレスの白く目映《まばゆ》い蛍光灯の光が目に差し込んできた。同時に、店内の明るいポップミュージックも耳に届く。夢から醒《さ》めたような心地《ここち》でいると、少女は訊《き》いてきた。

「どうだった?」

「どうって、これになんか意味があるのか?」

「家の中に誰かいなかった?」

その言葉に、総毛立った。

——いた。

それは三階へと続く階段の踊り場だ。見たことも無いおっさんが、無表情に俺を見つめていた。グレーのよれたスーツを着ていて、黒い靴を履《は》いていたような気がする。髪は長めでぼさついていて、痩《や》せていて——それは、視界の端《はし》にしか映らない不思議《ふしぎ》な光景だった。

だが、そんなことがあるのか。面識のない人物を、想像上で見るなんて可能性があるのか。

「——いたのね？」

少女は、どこか嬉《うれ》しげに瞳を輝かせる。さっきまで冥い穴のようだった瞳は、今、俺を食い尽くすような不思議な輝きで満ちていた。

「ねえ——今から行ってみない？　あなたの家に」

ああ、どうしてこんなことになっているのか。

いくらあの家での不可解な出来事に説明がつかないとはいえ、これはない。どうして俺はこんなやつと——出逢えば死ぬと噂されるような都市伝説少女と、夜中にあの家に戻ることになったのか。

「素晴《すば》らしい家だわ」

しかし当《とう》の夜石は、到着するなりそんなことを口走って、即座に階段を駆け上っていった。鍵すらかけ忘れていた玄関から、嬉しげに中へと消えていく。ひとり外で待っているのも怖いので、仕方なく少し遅れて俺も続いた。

軋む玄関の扉を開けると、黒尽くめの少女は部屋の明かりを点け、どこか楽しげに壁という壁をじろじろと眺め回している。時に床に這いつくばるようにしているその様子《ようす》は、やっぱりどうしようもなく不気味《ぶきみ》だった。

「数字はどこ？」

不意にそう訊かれ、俺は風呂場とトイレを指差した。するとやつは黙ってそれぞれの扉を開け、壁に刻まれた『六』と『五』を穴のあくほど見つめ始める。

「な、それ確かに数字だよな？　スキーマなんかじゃないよな？」

「あなた、スキーマなんて言葉を知っているのね」

「まあ、その、なんだ。俺だってオカルトマニアのひとりではあるしな」

そうは答えたが、嘘である。

さっきまであのファミレスで《異界《いかい》ヶ淵《ふち》》のオフ会が催《もよお》されていて、そこで仕入れた言葉だった。《異界ヶ淵》というのは、〝クリシュナ〟というカリスマ管理人が運営する、日本最大級のオカルトサイトだ。残念ながらクリシュナさんはオフ会に来ない人らしく会えなかったが、切羽《せっぱ》詰《つ》まった俺は、その日のオフ会参加者たちに『願いの叶う家』について相談した。で——そこで言われたわけだ。それはスキーマだね、と。スキーマってのはつまり、怖い怖いと思っていると壁の染《し》みも人の顔に見えちまうっていう認知心理学の言葉らしい。一度はそういうものかと納得しかけた俺だったが、しかしそれは違った。みんなと別れた後、スニーカーの裏にみっしりと刻まれた『四』を見つけちまったからだ。そんで半狂乱になっていたところで、この奇妙な都市伝説にまみれた少女と出逢ってしまったのだ。どうやらこいつは、もともとオフ会に参加するつもりだったようだが思い切り遅刻してきたらしい。

「最初の『七』は？」

今度はそう訊かれ、俺は三階へと続く階段の踊り場を指差してやった。夜石は躊躇《ちゅうちょ》なく階段を上り、『七』という傷跡を顔をくっつけるように見つめ始めた。

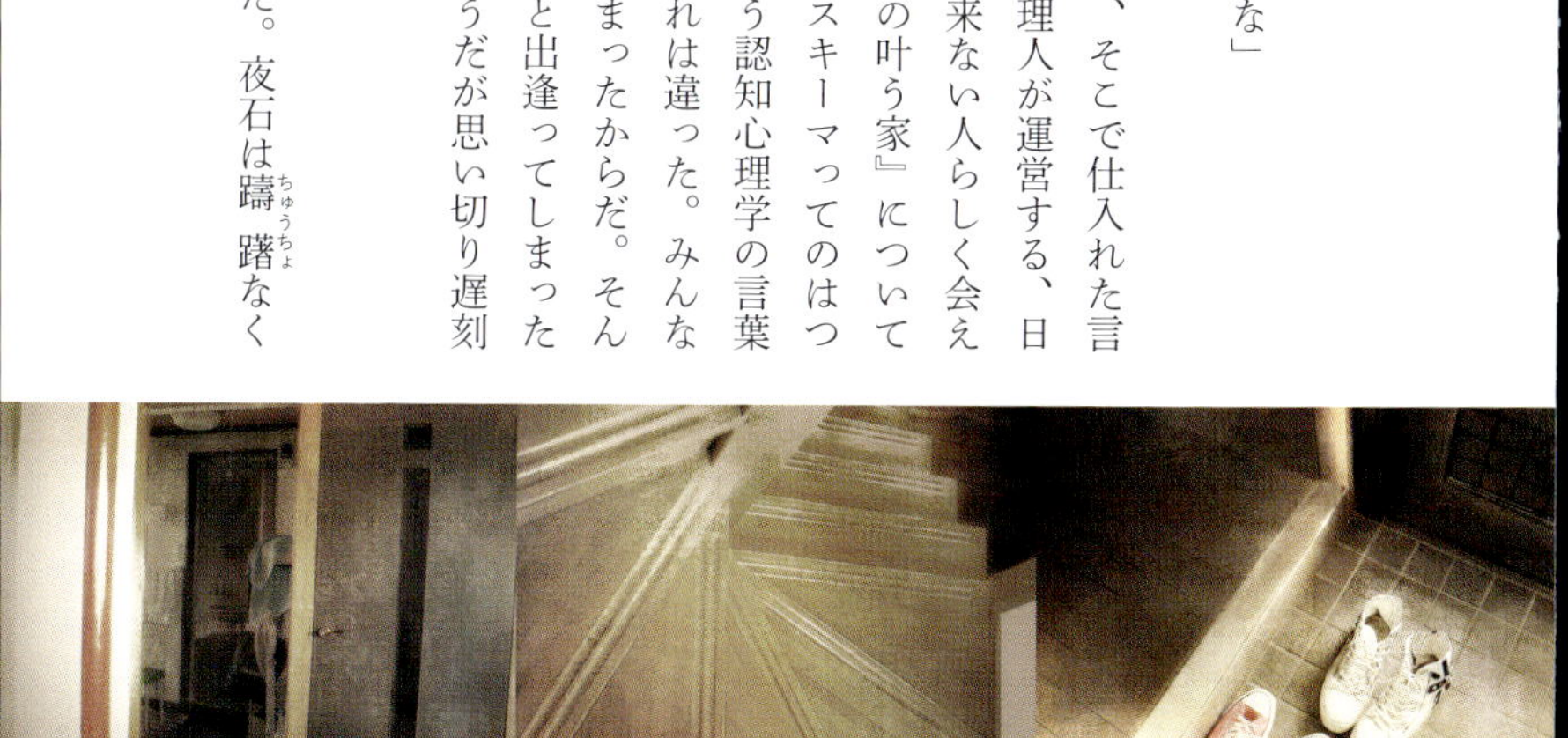

「確かにスキーマじゃないわ。私にも『七』に見える」

「だよな？　じゃあ、どうして俺の家にこんな数字が書き込まれるんだ？　そしてこの数字が尽きるとき、俺はどうなっちまうんだ？」

しかし、夜石はそれには答えず、ぽつりと奇妙なことを言った。

「どうして数字は『七』から始まったのかしら」

「……は？」

――知るかよ。幽霊なんて何考えているかわからんから怖いんだろ。

と言い返そうとした、その時。


「うええええええええええええええっ」


夜石は、いきなり、何の前触《まえぶ》れもなく、その場で嘔吐《おうと》し始めた。

口元を押さえて遠慮《えんりょ》がちに、とかそんなかわいい仕草なしで、仁王立ちしたまま堂々と吐いていたので、さすがの俺も引いた。呆気《あっけ》にとられていると、軽く口元を拭《ぬぐ》い、何事もなかったように夜石は続きを口にする。

「……だって普通、カウントダウンならば『十』か『九』から始まるはずだわ」

俺はもう、ただ階段にぶちまけられた嘔吐物を見てうんざりとしていた。溜《ため》

息《いき》をついて給湯室に向かい、ぞうきんを用意して再び戻ると、夜石は階段下に立ち尽くしていた。身じろぎひとつせず、ただ黙ってひたすらどこかを見つめている。

やつの視線を追って、ぞくりとした。夜石が見つめているのは、今、やつが吐いた、三階へと続く階段の踊り場だった。最初に数字が刻まれた場所であり、そしてあの意味不明な心理テストの中で見知らぬおっさんが立っていた場所だ。

「お、おい、おまえ……誰とにらめっこしてんだよ?」

そう尋ねると、夜石は「そうか」とだけ呟《つぶや》く。そのまま俺の方に顔を向けてきたが、その瞳にはどこか不思議な輝きがあり、頬《ほお》はわずかに紅潮《こうちょう》していた。

「ねえ、気がついた?」

その言葉に、その闇色の瞳に——今度こそ間違いなく何かが揺らいだ。

会ったときから感じていたことだが、夜石の瞳には、同じ世界を共有していないと感じさせる薄気味悪さがある。言い換えれば、俺が見えていないものまで見ているような不気味さである。こいつの瞳は、そして吐く言葉は、何かがおかしい。まるで、自分がとんでもない勘違いをしているかのような不安を感じさせる。

「出ましょう」

突然、夜石はそう言うと、靴を履き始める。

俺が呆然《ぼうぜん》としている間に、さっさと外に出てしまった。

「お、おい、待てよ！」

慌てて転がるように俺も外へと飛び出すと、夜石のやつは階段を下りきったところでひとり建物を見上げていた。

「この建物は面白い」

「……何の話だよ？」

「三階へと続く階段の下。あそこには意味不明な空間がある」

その言葉は、俺の血を一瞬で凍《こお》らせた。いや、今の今までただの模様《もよう》であったものが、人の顔だと気がついたような血の逆流だ。そうか——俺がこの家に感じていた嫌な気配。開かずの間なんてよく聞く話だったが、俺はずっと……最初からずっと、この家のどこかに、ぬぐい去りがたい違和感を覚えていたのではないか。

『人には、知るべきじゃないものがあるんだよ』

それは、死んだ婆《ばあ》ちゃんが繰り返し言ってた言葉だった。そして今、俺はその知るべきじゃない物語のすぐ側《そば》に立っているのではないか。見るべきでない何かが、俺のすぐ横に佇んでいるのではないか。

「それに、見て」

夜石が一階にしつらえられた郵便ポストを指差してなんか言っていたが、それすら遠い世界の出来事のようだった。ぼんやりと目をやれば、そこには三本の鋭い傷があった。それが、数字の『三』だろうとどうでもいい。カウントダウンがまた進んでいようと、もうどうでもよかった。

俺はその時、夜石の冥い瞳の奥に——彼岸《ひがん》を見ていた。

新しいアパートは快適だった。

家賃は五万に跳ね上がったし、引っ越し代を姉貴《あねき》に借金してしまったのでこれから死ぬほど働いて返済しないといけないが、今はもうとにかく幸せだ。初めから家賃などケチるべきではなかったのだ。なにせここでは深夜に音が鳴ることはない。奇妙な数字が壁に刻まれることもない。そういう意味でいえばあいつ、夜石のおかげだろう。あの薄気味悪い都市伝説少女のおかげで、俺はようやく引っ越しをする決意が出来たのだから。結局、あの家で何が起きていたのかなんて、俺は知りたくない。なぜって今が幸せならばそれに勝《まさ》ることはないのだ。幸せ万歳《ばんざい》。

幸せな俺は、再び幸せに大学へと通《かよ》い始めていた。

新しいバイトも見つけ、日々幸せに過ごしていた。

講義の後、幸せなことに小柄《こがら》な女の子と出逢った。赤い眼鏡《めがね》をしてて童顔で胸だけやたらでかいその子は「キミのような輩《やから》がいるからこんなことが続くんだ」とかわけのわからないことで俺を責《せ》めていたが、それでも幸せだ。もう意味不明なことには深く関わらないと決めたのだ。俺にはそんな耐性などないとわかったのだ。最後にその子が名刺《めいし》を渡してきて、そこに、ビートニク文学研究会とか、栗本詩《くりもとし》那《な》って名前が書かれていたが、俺は気にせずにポケットに仕舞《しま》い込んでしまった。別れ際に、赤眼鏡の少女は訊いてくる。

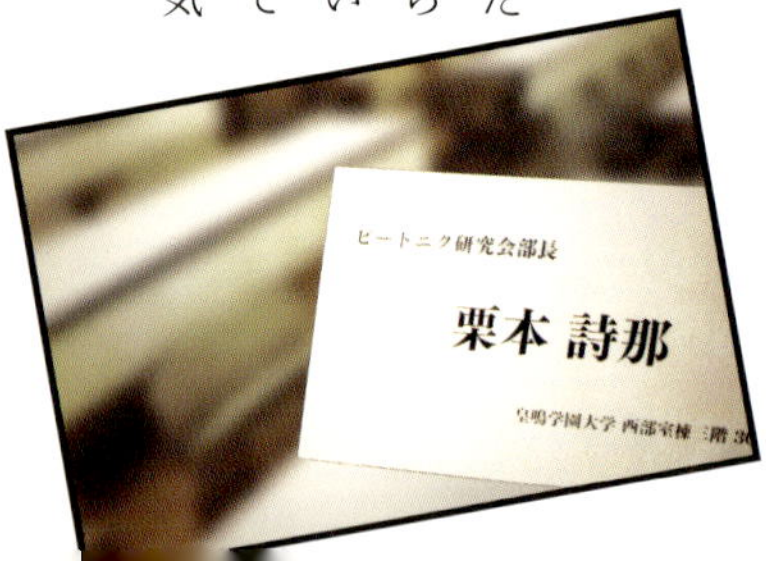

「肩こりはないか。耳鳴りは。夜はよく眠れているか」

ははは——大丈夫だ。幸せな俺は、ちゃんと眠れている。毎日、ぐっすりだ。その日の晩だって、幸せな夢を見た。それは俺が『願いの叶う家』の天井付近をふわふわと漂っている夢だ。

宙《ちゅう》に浮かぶ俺の真下には、いつかの俺がいた。この家でこれからあんな恐ろしいことが起きるなんて想像すらしていない俺だ。自分で言うのもなんだが、俺は実に阿呆面《あほづら》をさらしていた。まあいい。俺にとってはもう他人事だ。現実の俺はもうこの家から逃れることが出来たのだ。幸せすぎた俺はなかなかその夢から醒めなかった。そして、すべてを見たような気がする。深夜、真っ暗になったその家で、いつものように音が響き出し、何がこの家に数字を刻んでいるのか、そのすべてを見たように思う。

だからなのだろう、目が覚めて、真新しいアパートの壁紙に『二』という数字が刻まれていても、ぼんやりと受け止めていた。まだカウントダウンが続いてやがる、と可笑《おか》しく思えた。それでも防衛本能というのは残っていたのか、体は別の反応だ。俺はすぐにアパートから飛び出して、いつものオカルトサイト《異界ヶ淵》へとアクセスし「助けてくれ！」なんて書き込んでいた。ははは。とことん幸せなやつだった。案の定、掲示板では荒らし扱いされてボコボコに叩《たた》かれていた。言葉の暴力という暴力を浴びていた。阿呆だ。誰も助けてくれるわけなんてない。誰も俺の苦しみなんて理解出来るわけがない。

そう——

しっかりとこの世を生きているやつに俺の苦しみが理解出来るわけがないのだ。

その時、ケータイの液晶に浮かぶ、ひとつの文章に気がつく。

いや、文章の中のある固有名詞に、目が引き寄せられる。

《クリシュナ》

そんなハンドルネームのやつが、俺に返信していた。

《今すぐ、昼間渡した名刺の場所に来るんだ》

そいつはそう書き込んでいたが——誰だ。この〝クリシュナ〟というやつは誰だったか。聞いた覚えがある。不安が無くなるような心地がする。地獄《じごく》に垂れ下がる蜘蛛《くも》の糸のように思える。そうか。〝クリシュナ〟とは、《異界ヶ淵》の管理人だ。めったに人前に出て来ないという、ネットオカルト界のカリスマだ。その人が、今ようやく立ち現れていたのだ。だがそれがどうした。生きている人間に俺が救えるのか。あの講義の終わった教室で、しつこく俺に説教垂れてきた「栗本詩那」という名の少女が〝クリシュナ〟だったとしてそれがなんだというのか。

それでも、現実の俺はふらふらと夜の大学へ向かう。闇夜に黒々と浮かぶ西部室棟の門をくぐり、部室の扉をノックしていた。そこにはやはりあの時の赤眼鏡の少女がいた。白と黒の変わった巫女《みこ》姿で俺を睨《にら》み、その背後には見知らぬ男女が控えていた。俺は何やら説教をされ、クリシュナという少女とその取り巻きによって、どこかに連れ出される。気がつけばそこはあの家だった。二度と足を踏み入れまいと誓った『願いの叶う家』だ。

——おい、やめろ。やめてくれ。

そう叫《さけ》んだ瞬間、ようやく現実の俺とふらふらしてる俺が重なった。

そして俺が叫んだのは、この家が怖いという以上に、中にはなぜかあいつ——黒髪の少女〝夜石〟が居たからだった。あいつは勝手に入り込み、蠟燭《ろうそく》ひとつ灯《とも》して冥い瞳を輝かせていた。嫌だ。助けてくれ。こいつはヤバい。今の俺ならわかる。ネットの噂は本当だったのだ。こいつはこの世界を生きていない。こいつの瞳に映る景色は向こう側の光景であり、こいつが語るのは向こう側の物語なのだ。ああそうだ。幸せな俺はとっくに気がついていた。再び、きききききき、と家が握りつぶされるようなその音に目を瞑り、泣き叫び、もう田舎《いなか》に帰るんだ、と醜態《しゅうたい》を晒していたが、すべてに気がついていたのだ。

音が止んだ真っ暗なあの家で、足下に刻まれた数字の『一』。

そう、この家でずっと数字を刻んでいたのは——

この俺だったのだから。

「要するに、スキーマ――いや、逆スキーマか」
数日後――大学のビートニク文学研究会の部室で、クリシュナさんは言った。
あの家は『願いの叶う家』などではなく、その本質は『人を不安にさせる家』だったのだという。俺はその説明をどこかぼんやりと聞く。聡《そう》明《めい》でネット界で広く尊敬を集める小柄なオカルトサイト管理人は、夕日にきらきらとおかっぱ頭を輝かせて話してくれた。
「あの家を建てた人は、とても優秀で純粋な人だったんだ。いや、純粋すぎたと言ってもいいだろう。家族構成が変わる。嗜好《しこう》が変わる。その度にリフォームという名目で精魂傾けて建てた家が壊されていくことに彼は耐えられなかった」

――大切に住めば百年だってもつのに。
――たまには人が家に合わせればいいのに。

その言葉を最後に、彼はある日失踪《しっそう》したのだという。もう三十年近く前のことらしい。

淡々としたクリシュナさんの言葉は、俺の岩のように固くなった心に降り注ぐ。その小さな割れ目から柔《やわ》らかな雨が染み込むように、すこしずつ心の隅々に広がって大きくなっていく。

「あの家はね、地震や雨風から守る為、特別な施《ほどこ》しがされている。あえて梁《はり》や柱に遊びが設けられていて、軋む構造になっていたんだ。階段下の意味ありげな空間は強固な家の中心点。建物で一番酷使《こくし》されるキッチンのない構造。まさに、耐久性を重視された家の為の家さ。だが、田舎から出てきたばかりのキミはそんなことは知らない。すると、夜、気温の変化とともに鳴り出す奇妙な音に怯えたキミはどうしたか。つまり、無意識のうちに音の原因を作ったんだ」

絶句する俺に——クリシュナさんは優しく言葉を重ねる。

人の恐怖とはすべて無知からくるのだと。恐怖を克服することが人類の歴史であり、文化の積み重ねの要因であったのだと。夜、意味不明の音が鳴る。しかし家中どこをどう探しても音の原因がない。当たり前だ。音が鳴るように出来ている家が存在するなんてあらかじめ知識がなければわかりっこない。で、追いつめられた俺は、あちこちに数字を刻み始めたのだという。

「さて、問題のカウントダウンだけどね——」

クリシュナさんは赤い眼鏡を小さな指で押し上げ、いたずらっ子のように瞳を輝かせた。

「恐らく、キミは最初に『七』ではなく『十』と刻み付けたんだ」

「十、ですか？」

「そう、もともと数字のつもりじゃなかったかもしれない。音の原因となる何かを壁に刻み付けられれば、キミとしては何でもよかったのだから。しかし、ここで今回の事件の原因となる、とある偶然が起きた。キミが刻み付けた箇所《かしょ》に、最初から、偶然、傷があったんだ。キミは無意識下で『十』と刻んだことをどこかで記憶している。なのに、朝起きたらもともとあった傷と重なって『七』となっていた。そこで初めてキミの中にキミ以外の何か――〝亡霊《ぼうれい》〟が棲《す》み着いた」

……………ああ。

この瞬間、心の岩石が崩壊する音を聞いた。

「カウントダウンになったのはキミの無意識からくる希望だろう。数字が増えていくならそれは、無限に続いてしまうからね。どこかでいつか終わるという希望を込めたのだと思う」

クリシュナさんは、ネットの掲示板で俺の書き込みを見たときからその真相に気がついていたのだという。あまり大事《おおごと》にせずに、俺がその家から引っ越せば問題は収まると《異界ヶ淵》の住人に伝言してくれたらしいが、それがどうも俺にうまく伝わらなかったらしい。

今ようやく、日常という温かな気配が俺を包み始める。百年そのままだろうと思われた何かが、はらりはらりとめくれ落ちていく。

「まあ、しかし単純なキミのことさ」

小柄なオカルトサイト管理人は、最後に柔らかな微笑《ほほえ》みをみせて言った。

「数字が尽きれば命を絶《た》ちかねないからね。間に合ってよかったよ」

部室を出たところで、もろくなっていた涙腺《るいせん》がさらに緩んだ。奇麗すぎる夕焼けのせいにして頭を振ると、深く息を吐き出した。人には常識という心の大地が必要なのだろう。その大地を踏みしめてこそ、人は人たりえるのだ。つまり、一度常識という土台が揺らいでしまえば、もうそこには俺など存在しないも同然なのだ。

そうひとり嚙み締めていた、そのとき。

大学、西部室棟と隣接した付属高校の正門から、ひとりの女子高生が出てくるのを見つけた。

黒く長い髪と、その下にある白く整いすぎた顔、虚《うつ》ろな瞳。制服姿でこそあったが、それは間違いなく、あの〝夜石〟だった。

あいつを怪物か何かだと思い込んでいた自分が恥ずかしい。夜石は、きっとすべてに最初から気がついていたのだ。ヘタレな俺が勝手にあいつの言葉に怯えていただけなのだ。

よう、と声をかけると、少女はゆっくりと振り返った。

もうすっかり俺を忘れたかのような様子だったが、とりあえず礼を述べた。幾分《いくぶん》かの気恥ずかしさと、それとすべてが解決された爽快《そうかい》さもあったのだろう。俺は喋《しゃべ》った。あの家の不可思議さと、失踪した建築家の悲しい思い、果《は》ては現代日本が抱える住宅問題——とにかくいささか過剰なほど喋りまくって、ありがとう、と頭を下げた。

しかし、夜石は「それはよかった」とだけ呟くと、そっけなく踵《きびす》を返す。

歩き去る、その吹けば飛ぶような細っこい背中に——

なぜだろう。俺は、胸の奥を搔《か》きむしられるような郷愁《きょうしゅう》を感じた。それは罪悪感と言ってもいいかもしれない。深海で溺《おぼ》れていた者同士であったのに、まるで俺だけがひとり浮上しちまったかのような抜け駆け感だ。だから、つい訊いていた。「まだ何か気になることがあるのか」と。

すると、夜石は白い顔を俺に向け——逆に訊き返してきた。

「本当に、知りたいの？」

その言葉に、俺の心の大地がまたぬかるむのを感じる。

「まだ、今なら戻れるわ。こちらが覗かなければ、向こうからも覗かれない——そういう物語よ」

今しがたようやく脱出してきた世界が、再び朧《おぼろ》に立ち現れていた。誰のすぐそばにも広がる深い闇。その深淵《しんえん》の向こう。無数の救いようの無い想いが揺らめく、グロテスクで、傾いた、人が知るべきでない世界。

「ずっと気になっていたの。どうして『願いの叶う家』と呼ばれているのか」

淡々と語り出される夜石の言葉は、俺の鼓動《こどう》を速めていく。

「この言葉には、主語が抜けているわ。誰の、願いを叶える家なのか」

冷たいものが背中を伝《つた》い――俺の中の誰かが叫ぶ。今すぐ耳を塞《ふさ》いでここから逃げ出すべきだと。だが、俺の足は縫《ぬ》い付けられたようにその場から動かない。

「あの家は希望の家なんかじゃない。私が感じたものはただ強烈な悪意だわ。姿を消した異常に建物を愛した建築家。『七』から始まるカウントダウン。階段の下の謎の空間。誰かの願いを叶える家――これらを繋げる答えはひとつしかない」

黒髪の少女は、闇色の瞳を輝かせ、それを口にした。


「建築家は、まだあの階段の中にいるのだわ」

「もちろん、もう生きてはいない。けれど、それならばすべてが繋がる。どうして階段の下に無意味な空間があるのか。どうして『願いの叶う家』と命名されたのか。そして、どうして数字が『七』から始まったのかも」

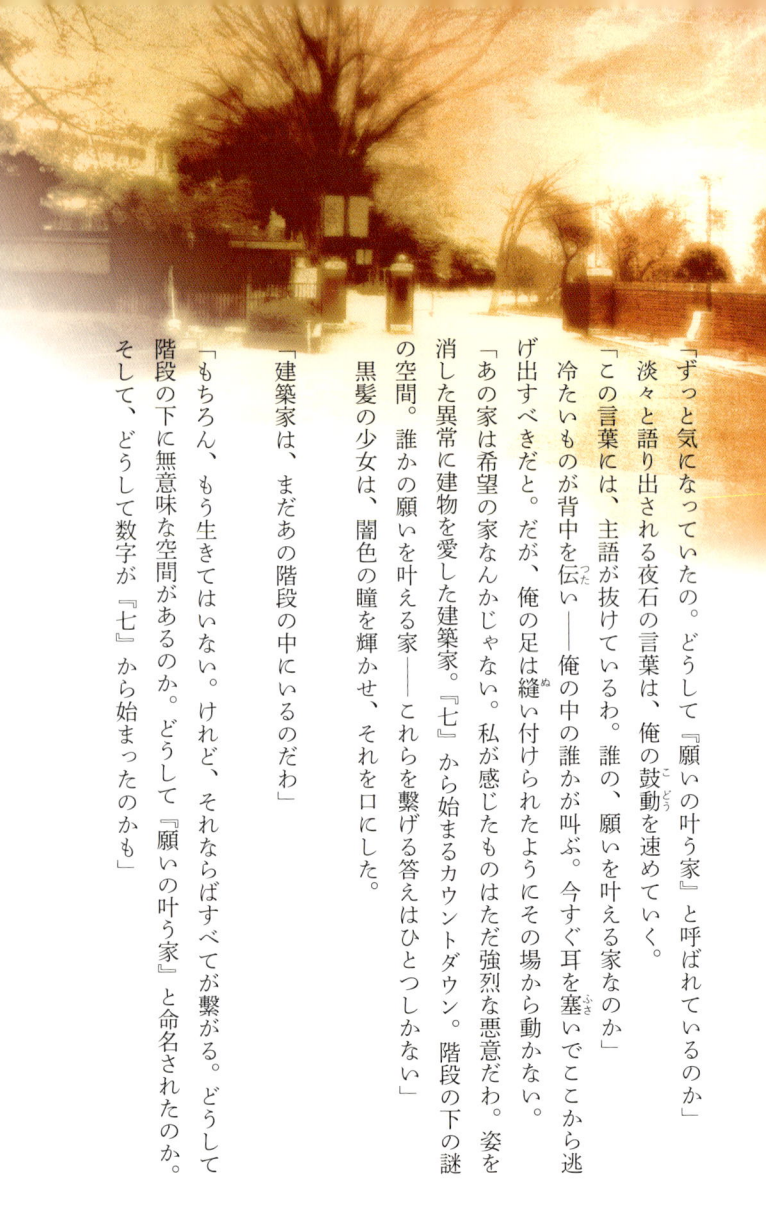

俺は反論する。震える声で反論する。あれは『七』から始まったんじゃなくて、もともとは『十』で、俺が偶然傷のあった場所に数字を刻んじまっただけだと。

だが、辺りは薄暗く感じられた。もう覆《くつがえ》しようが無いほど濃い闇が、すぐそばまで押し迫っていた。その闇の淵で、少女は嬉しそうに「違うわ」と首を振る。

「あなたは最初に『十』と書いた。そこまではいい。けれど、もともとそこに傷なんてなかったの。誰かが後から傷を足して『七』に変えたのだわ」

視界が滲《にじ》む。

「どうしてそんなことが言える？」と掠れた声で尋ねる。

「だって見たもの」と少女は答える。

「あなたの書き込んだ『十』の上から傷がついて『七』となっているのを」

その口元は、耳まで裂けたかのように思えた。

そして、俺は何を信じればいい。

誰を、どこまで信用すればいい。

目に映る世界が、ゆっくりと歪《ゆが》んでいく。さっきまで優しく俺に語りかけてくれていた小柄なオカルトサイト管理人の顔が浮かび、その幼《おさな》げな笑顔が歪《いびつ》に崩れていく。

「知らないで生きていけるなら、それに勝る幸せなんてないから」

夜石が、部室の方を見上げてどこか悲しげに囁くと同時に――

誰かの笑い声が耳に届いた。それが俺の声だと気がついて、俺は声を重ねた。もう笑うしかないのだ、と笑い続けた。笑うことでなんとか精神のバランスがとれる。全部おまえの作り話だ、いや、そうであってくれ、と願うように笑い続ける。

だが、少女はそんな俺を哀れむように、悼《いた》むよう

に見つめて言った。
「全部、本当のことだわ」
だって、と形良い唇《くちびる》が動くと同時に——唐突にその光景は広がった。
見たはずなんてない景色。
知るべきではない、世界。
俺が運び出された後の、誰もいなくなったあの奇妙な建物の階段で——
陽炎《かげろう》のような男が、舌打ちするように俺を見つめていた。

世界が暗転していく中——
夜色《よるいろ》の少女の、冷たく甘美《かんび》な言葉は響いた。

「ようこそ、こちら側の世界へ」

《了》

星海社
FICTIONS
ニ1-02

願《ねが》いの叶《かな》う家《いえ》

2012年9月13日第1刷発行　　定価はカバーに表示してあります

著　者 ―――――― 一《にのまえ》肇《はじめ》（Nitroplus）

発行者 ―――――― 杉《すぎ》原《はら》幹《みき》之《の》助《すけ》・太《おお》田《た》克《かつ》史《し》
編集担当 ――――― 太田克史
編集副担当 ―――― 山《やま》中《なか》　武《たけし》
発行所 ―――――― 株式会社星海社
〒112-0013 東京都文京区音羽1-17-14 音羽YKビル4F
TEL 03(6902)1730　FAX 03(6902)1731
http://www.seikaisha.co.jp/
発売元 ―――――― 株式会社講談社
〒112-8001 東京都文京区音羽2-12-21
販売部 03(5395)5817　業務部 03(5395)3615
印刷所・製本所 ―― 凸版印刷株式会社

ISBN978-4-06-138841-3　N.D.C913 31P.　19cm　Printed in Japan